レゴリス／北緯四十三度

林 美脉子

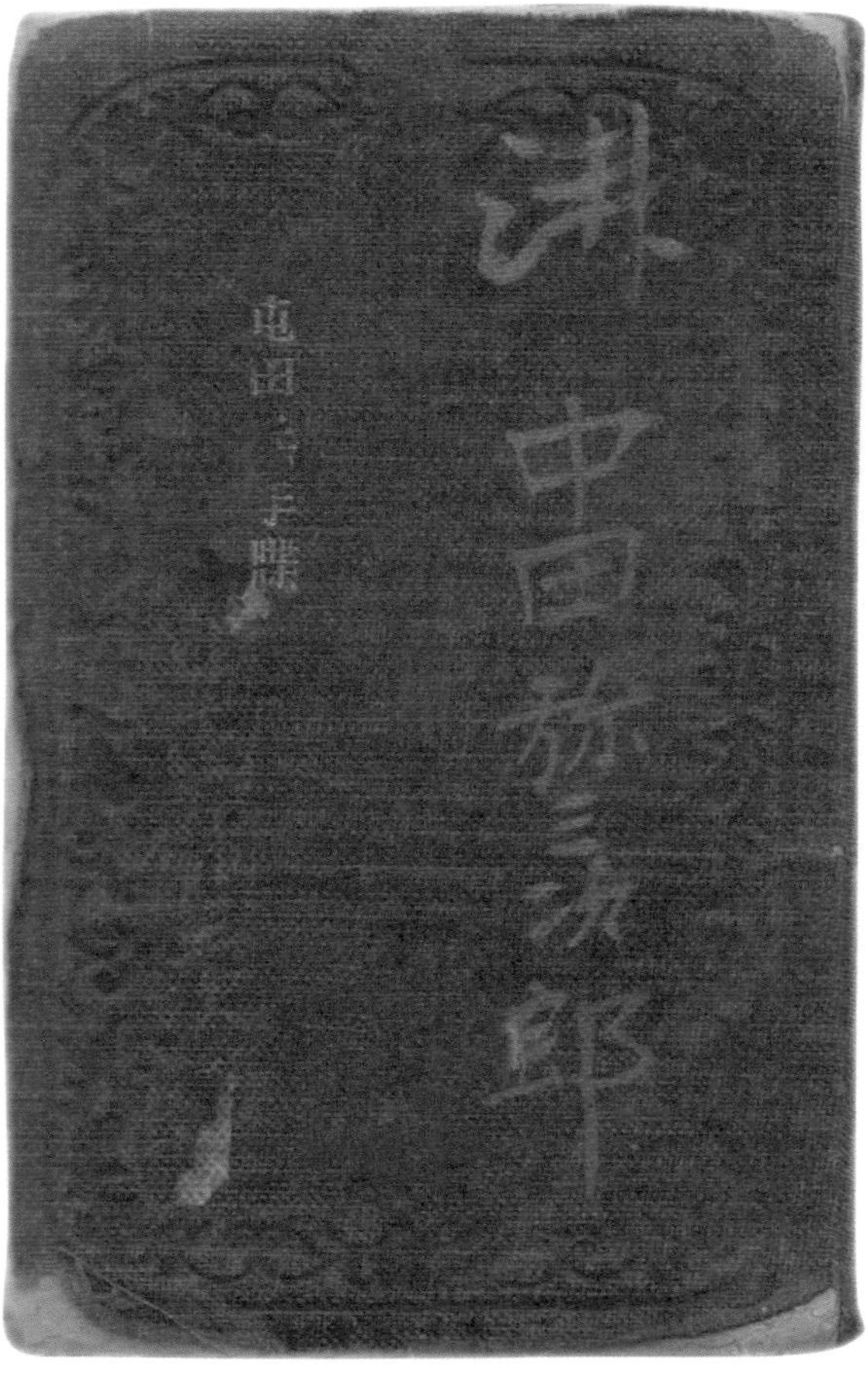

思潮社

レゴリス／北緯四十三度

林 美脉子

思潮社

目次

I

Ⅱ

カバー・扉「屯田兵手牒」写真＝著者
装幀＝思潮社装幀室

レゴリス／北緯四十三度

I

冬の鬼火

部落にただ一人の祈祷師が　戸口に茅筵を下げた粗末な藁家《チセ》*を出て　錆びた自転車に跨り土手の向こうに消えていった　その直後にササは息を引き取った　一週間後　ザマニも同じように　逝った　何の疫病であったか　原始林の葉が枯れ落ちる冬の始まりであった　サニは放心と失語を長く彷徨った　雪が降り　大地が凍る季節となった　ちりりりぃ　ちりり　漆黒の闇の氷原に　冬に飛ぶはずのない鬼火が飛んだ　死んだ者たちの魂が燃えるのだ　その時代　ひとびとはすぐに死んだ　侵略し

てきた異族である祈祷師の　血で汚れた禰宜の衣が土手の向こ
うに消えると　痩せた者たちは　皆　息を引き取った　その度
に鬼火は飛んだ　サニは失語の中で　夜ごと鬼火と語らった
死が吃るから　哀しみが吃るから　言葉を発せない　ちりりり
ぃ　りりぃ　何者かが神《カムイ》の立てた夢を横断していく　鬼火が言
葉の肉体を燃やしているのだ　それが　蒼い燐の燃える玉とな
って　ちりちりと　闇夜を飛ぶ　滑り落ちていく言葉の微分
消滅する認識の台座に　宿痾の暴力が血を流す　裏返り裏返
り　もう裏返るものは何もないから　失語の相がサニを燃や
し　吃る死のもつれが鬼火であった　裂開する喪失の蒼い炎が
密かに発語の底を焼いた　くぐるぐるぶる　くぐりの苦悶の地
下茎ふかく　呻く夜の傾きに逸脱し憑依してくるもの　絶えな
く湧き上がる吃音の烙きごてに　喉を塞がれ　解読不能の語の
刺青《シヌイエ》**が口唇に浮かぶ　くぐるぐるぶる　せめぎのぐ音の苦界に

焙られて　氷雪の大地を這う　それが鬼火の正体だった　封印されるる呻きを飲み込み　不吉な影の殺意が襲う　サニは腹部に密命の爆装を巻き　黒い覆面を被って密かに汚い祈祷師の元へ走った　ちりちりと闇の深潭が燃え　その夜も鬼火は飛んだ　失語が美しく結晶する氷点下の朝　空は抜けるように青く　サニは帰ってこなかった　藁家の周りに　還ってこなかった者たちの血の色をしたダイヤモンドダストが　キラキラと舞った

氷華《ダイヤモンドダスト》の朝

氷華が舞う極寒の朝は　子ども達の明るい声が雪片のきらめき
にこだまする　古いゴム長靴の下できゅっきゅと鳴る雪の　浄
化された北緯四十三度のまぶしい朝だ　着膨れた彼らは青洟を
垂らし　しもやけだらけの手足を晒して歓声をあげながら　無
邪気に馬橇の後ろにしがみつき運ばれていく　彼らの親もブラ
キストン線のある津軽海峡を渡ってきた難民で　貧しく汚れた
敗残の東夷異族だ

馬橇の通った跡が雪の上に残す太い二本線が　研ぎ澄まされた
刃物のように艶々と朝日に輝く　時軸の傾きが変わると　そこ
にうっすらと血色の滲みが現れるのを　気付く者はいない

鳴る純白の雪の下　欠落の闇に埋葬され消えた者達の存在根拠
は冥く　雪原を切り裂き奇跡のように現れるサンピラーに　隠
された暴力の物語を語るものはいない

広がる大地の下に
埋もれている無数の血色の眼の
その無言の赤さに
睨まれる

そのことを知るものは誰も
いない

遠く　抜けるように碧い朝空に聳えるピンネシリは　何者にも
罪科を問わず　永劫に未聞の沈黙をそそり立つ　その山並みに
向かってひたすら明るい声がこだまする

原始林は既に

幻

空知野はどこまでも平らかにひろびろと無謬の装いで広がり
はるか遠くの空に　爆音も立てずに閃光を放つ不気味なきのこ

雲があがっているが
笑いはじける子ども達の目には
何も見えない

レゴリス*／北緯四十三度

古い仏壇を開けると饐えた臭いがした
無言のまま逝った者達の握りしめた掌の臭いだ
骨格を覆う大地の肉も剝がれて
滅んでしまったはずの狼の遠吠えが聞こえる

カイ**は地獄の岬に立ちそれを聞く
罪を犯したわけでもなく
太古からその地の川や森

海のあるところに生まれ生きていたというだけの理由で
異次元の海峡を越えてやってきた異族に収奪され
凌辱された
その果てに墓を暴かれ
差別の質草として展示された

レゴリスが太陽の光を乱反射し
自らを明るくして闇を照らすが
零れ落ちてくる被害の歴史は暗く
あったことがなかったことにされた
欺きの偽装工作に
謝罪はない

——一本の指が孤独の重量だ

身を投げる暇はある
祈りの貧しい族よ

（何処ヨリ来タリ　ワレラ）
傷ただれる
（何処へ到ルカ　ワレラ）

カイは
極北からの狼の遠吠えと共にそれを聞き
九億四千万秒を刻む時の岬から
　　――一蹴りして　さらば！

と

永遠に消えた
岬にしぶく血の呪縛
その波音は高く
海豹の皮を張ったあの太鼓の乱打する音だけが
ドーンドーンと響きわたる

今日も波しぶきの上で
レゴリスの砂の一粒が未完の出胎の系譜を湛えて
闇に

微かにひかる

赤鉄橋

雪が解け春になると　野にいっぱいタンポポの花が咲いた　その花を輪に編んで頭に飾り　空知川に架かる赤鉄橋まで遠征した　草むらに生えるヨモギの葉を摘むためである　スカートの裾を手に持ち　お腹の前に出来た袋状の空間に　生え出たばかりの若々しいヨモギの葉を摘み入れるのだ　女の子達はみなそうしてカンガルーのようになり　鉄橋までのかなり遠い距離を　小学校で頭にかけられたＤＤＴ*の粉をふり払いながら　我を忘れ嬉々として移動した　鉄橋の向こうには　ピンネシリ山

とその前裾に唇山《くちびるやま》が見えた　上唇の二つの山形に似ているので付けられた名前である　おっぱい山と呼ぶ人もいた　錆のために赤く変色した鉄橋を　ゴウゴウと車輪の音を立て　汽笛を鳴らしながら石炭列車が通過すると　晴天であるにもかかわらず　冷たい水滴状のものがわずかに顔にかかった　雨が降ってもいないのに　列車が通る度に　必ず冷たい飛沫が顔に降りかかってくるのだ　一緒に遠征した友達で　それに気が付く者はいなかった　あれは何だったのだろう　誰かの涙だったのかそれとも飛んでくる前に冷えてしまった　何ものかの血の飛沫か　必ず冷たい水滴状のものが顔にかかるのだ　それが不思議だった　春になってそこへ行く度に　何年も　不思議だった家に帰ると　タンポポの花輪を頭から外し　それを玄関の柱にある釘に掛けて　乾燥させるために摘んだヨモギを土間に広げた　香ばしい香りが玄関いっぱいに広がった　新聞紙の上に一

枚一枚葉を広げながら　あの冷たく顔にかかったものは何だろうかと考えた　何度も何度も考えたが分からなかった　赤鉄橋に行かなくなり　そのことを忘れるまで　誰にも告げずに考え続け　少女期の春はそうして過ぎていった

廃線鉄路*

昼でも暗く陽の当たらない裏の雑木林から　夕暮れになると突然野生のコウライキジが飛んだ　広げた茶褐色の翼が樹間の陰湿を切り裂き　鳥の腹の肉感が顔面を覆う　一瞬　全ての視界が遮られ　まだら状の茶色い目眩に襲われる　飛び去る鳥首の白い輪が　時間の奥行きを絞めつけ　意識の中に不気味な多孔質の恐怖が泡立った　林の向こうには　隣国から拉致された囚人達の死体が埋まる　廃線鉄路が伸びている　雑草に埋もれ曲がったレールが　掘り出され崩れている骨の破片を露わにし　消えた死者達の分身を剝き出しにする　鳥首の白い輪の残

像が意識を狂わせ　出来事の血腥い物語を激しく打ち破る　消え残り　歪み浮き上がる廃線のレールに　湧き出る錆色の怨怨《おんおん》
怨《おん》　キジの飛翔の広げた翼の　陰に潜む葬り去られた古い歴史が　地の底から響かせてくる死霊の呻きに　脅かされ身を引いたのは誰か　飛ぶキジの肉の重さと　血の飛沫を顔面いっぱいにあびて　死者達の汚れた痩身の骨音に　驚き怖れ立ちすくんだ者は誰なのか　時間の楕円はメビウスの輪のように裏返り忍び寄る闇に冷たい鞭の殺意が鳴る　死の静寂に鋭く見返されて　飛び出る恐怖に戦くと　神隠しされる受苦の羽音が暗い樹の間から響いてくる　飛び去る北限のキジの腹部で　暗い地誌から憑依してくる孤独な夜の怨怨怨《おんおんおん》　闇に刻まれる滅びの牢獄を脱走して　何処にもない無声の場所へ深く追われ　毀たれた喪の闇の共犯者となり　錆びた幻の鉄路を　返り血にまみれてどこまでも　遁走する

雪の嗚咽

足底に呪詛の声を聴いた
その声が歩行困難をもたらし
踏みしだく凍原の雪が痛い

海峡を越え
西の方から侵略者の異族がやってきて
全てを
踏みにじった

その罪の深さが足底で呻く

女達の身体を戦場にして*
女陰から生えたエッサイの樹を抜き取り
代わりに棍棒やナイフ
銃筒まで押し込んで切り刻んだ性器に
血塗られた侵略者の欲望が嗤った

女の身体は無抵抗で
加害する側に何らの損失ももたらさない*
だからそれは
最も安易な生贄として
常に侵略に利用された
人類は

何万年もそうして女体を凌辱し
奴隷化してきた

ひゅうひゅうと
川岸から吹き上がるブリザードが渦を巻いて唸る
目隠しをされ
残虐に抹殺されていった神々の嗚咽だ

名もなく無言のまま虐殺された肉体は
一瞬の冷たい幻聴のポリフォニーを奏で
眠られぬ極北の夜を通過していく

が

嗚咽の声は永遠に未聞の沈黙と化して
非在の肉体の外側に滑り落ちていく

あらゆる加害暴力の痕跡は消され
苦しみの歴史も修正されて
偽装
擬態が跋扈する

うすら寒い自己満足のやさしさばかりが広がり
それを暴き聴き取る者はどこにもいない

加害の自責を忘れ
逃げ切るおまえ
侵略者の末裔の

足底の痛み

よ

男根塔《オベリスク》

原野にそそり立つひとつの塔がある
征服者が建てた殺戮記念の塔だ
夥しい血を吸い
無言のまま殺された民族の血と肉と骨の上に
塔は建てられた

この地球上にそそり立つあらゆる塔は男根だ
尖った塔の先から精液を飛び散らせ

抵抗する者をねじ伏せ踏みしだき
凌辱し征服した

塔は
戦いに終始し勝利を誇る男性原理の
男根だ

暁の中で歪みはじめる国道十二号線を
塔へ向かって疾駆する
尊厳を踏みにじられ
隠蔽された民族の深い死の時刻の
無言の声溜まりのその脇を
通り過ぎる

ライトに照らされた暗い道には何も見えない
怒りの声も嗚咽する声もなく
ただアスファルトの直線道路が何処までも続く

闇を見つめる目に重なり見えてくる南の島では
敵の辱めを逃れて高い断崖から飛び降りる
もんぺ姿のひとりの女性がいる
ガマと呼ばれる洞窟に向け
火炎放射器が野獣のように火を吹く
垢で汚れた襤褸をまとい
震えの止まらない少女の鋭い瞳が
こちらを睨む

地球の裏側にある遠い国では

両手を広げ家族を守る父親が
子ども達の目の前で銃殺されている
絶望と怒りと怯えに
少年の目は見開いたまま今も閉じず
その瞬間が永久に瞳孔に焼き付けられ
真っ赤な血涙を流す
それが怒りと憎しみに変貌し
テロルと惑乱の
途切れることのない連鎖の始まりだ

人類はそうして
物言わぬ無名の死者達の上に累々と歴史を打ち立ててきたが
通り過ぎる原野の塔には
どんな抑圧や虐殺の姿も記録されておらず

ただ静かなエンジンの音が響くばかりだ

野幌原野の空にそそり立つ征服記念男根の塔よ
暴力の歴史を隠し続けた
権力と欲望のオイディプスよ
消し去ることのできない罪業で殺した分量と同じ血を流して
自らの両目を突き

朽ちよ

　　朽ち果てよ

加害自覚のないおまえ男根《オベリスク》
北の侵略記念塔である

オイディプス

よ

鶴の舞《サロルンチカプリムセ》*

原始の森が伐採され　踏みにじられた神話に大地の表層が引き剝がされると　歴史の逸脱がはじまった　太古の物語が消滅し　存在を無化される民族の姿は繰り返し切り崩されて　滅びへ急がされた人々の後を　黙って追う　昏い林間を透かし見ると　夜毎輪になり　着物《アッシ》の裾を頭に被り　小さな足踏みをしながら鶴の舞を舞う人達の姿が見える

フントリフンチカッ

ハーアホーホー
　ホーイホーイ**

——謝罪しろよ　盗んでいったくせに
　元にあったところに返しますって
　　それだけかよ***

白く新しい墓木立つ山の麓に　怒りの言葉が繰り返される　暴かれ拉致された骨が　ひたすら沈黙の底に沈められて泥濘を踏み惑う　掘り返された死者の尊厳はどこにもなく　おびただしく殺された者たちの名は　初めから　ない　この蝦夷の大地も海も川も　血と怒りの重さでどっぷりと底が抜けているが　それを知る者はいない

死者の特権はもう死なないことだが　見返してくる骨のまなざしは生きた姿で追い迫り　無数の鋭い眼光に睨み返される　その怨の罪業に追われ　地誌の汚れたぬかるみを　這う

フントリフンチカッ
ハーアホーホー
ホーイホーイ

民族の尊厳を踏みにじっておいて
研究材料にしたんだから
——謝罪してください

消された者達の赦しなどは　永遠に　やってこない　ただ　輪になり踊る鶴の舞だけが　繰り返し幻視される　浮遊する非場

の妖の舞が燃え　幽暗が　燃える　誰が悪いのか　何がそうさせたのか
謝罪の言葉は　どこからもやってこない

——謝罪してください
　民族の尊厳を踏みにじっておいて

謝罪して

ください

II

イヴ

アフリカを出たイヴの垂れた両の乳房に放射線が降りそそぐ
彼女の卵巣にあるミトコンドリアは傷だらけとなり　胃液が苦く逆流してくる

――地球は人間なしに始まり　人間なしに終わる

から

大切なのはどこからきて　どこへ行くのか　だった　どれほど多くの高層ビルをそそり立たせても　地球の夜更けには誰もいないから　薄められた欲望の肌ざわりを透かして　高い窓辺から空にぽっかり開いた宇宙の眼窩を覗き見る　遠いガンジス河の誰もいない不浄の東岸で　犬が人を喰らっているのが見える　白い聖牛の横でしゃがみ脱糞するサドゥ*の肛門も　彼の顔は赤と青で縦に塗り分けられ　夜明けにはバラナシの沐浴場で全身に魔除けの灰を塗っている　原初から人類はそもそもそういう存在だった　時空は既にひび割れていて　あらゆる出来事は泡のように消えていき　地球は既にエントロピー増大の限界を超えているのだ　文明は凄まじい速度で廃墟と化し　るいるいと寄生植物の長い蔦を伸ばしている　蔦の先に垂れているイヴの末裔は　神と刺し違えるしたたかな最後の傷口だ　だからもう　アンドロイドの遺伝子幻想とは決して遊ばない　歴史の

断片が座礁していく

イヴ

目に見えぬ疫病と放射線を浴び続ける血と肉と骨の
惑星地球の取り返しのつかない
罪業よ

函・吐くII

壁に置かれた薄い液晶函の画面に　山盛りの物体が映し出され
ている　ブルドーザーが他の場所から同じ物体を押してきて
その上に積み上げる　それを繰り返し　物体の山はだんだん大
きくなる　押し出されているのは何か　陸上げされた魚か？
いや違う　もっと細くて長い棒状のものだ　手や脚のようなも
のが付いている　頭のようなものも付いていて　関節をはずさ
れたマリオネットか？　いやよく見るとヒトのようだ　痩せて
骨だけになった裸の人間？　よく分からないものが為されるが

ままに液晶の函の中に積み重なり　函の中はみるみるいっぱいになって　その縁枠からこぼれはじめる　ひとつずつ　ポロリポロリと部屋の中に落ちてくる　それらは次第に数を増やし次から次へと落ちてくる　手足の付いたぐにゃぐにゃした物体が　押し出され落ちてくる　次から次と　休みなく部屋に落ちてくる　魚か？　ヒトか？　いや　肉を付け忘れたマリオネットだ　いやヒトだ　ヒトに違いない　腐るための肉もない　骨と皮になったヒトだ　それがブルドーザーで　土砂災害の土を片づけるように押し出されてきて　液晶の函から　部屋に溢れてくる

函が吐く

函を　吐く

おびただしい屍体の山が　二次元の虚空間から三次元の現実空間に溢れ出てくる　ブルドーザーを操作しているのは誰か　これもヒトだ　黙々と屍体の山を押し出し　壁際の液晶の函からそれを吐き出して止まらない　恐怖にかられ　少しずつ部屋の隅ににじり寄り身を縮めるが　函はどこまでも屍体を吐く　吐きやまない　部屋はついに屍体でいっぱいになる　逃げても逃げても屍体が押し寄せてくる　屍体からは血は流れていない　声もなく　死臭もない　ただ　不思議な静寂が広がる　逃げ場を失い壁にへばりついていると　突然部屋の窓が破裂する　必死に窓枠にしがみつくが　溢れ出る屍体に押されて手が離れ迫る屍体と共に外に押し流される　叫んでみるが　誰も来ない　諦めて屍体のふりをして一緒に押し流されるしかないいったい誰がこのようなことをしているのか　誰の仕業か　積

み重なる屍体に押し潰されて　息ができない　もがく　もが
き　もがきながら　液晶の函から次々と補塡されてくる屍体
が　口いっぱい溢れて息が出来ずに函を吐く　函が吐く　吐き
続ける　得体のしれない暴力に咳き込み　押しつぶされ　見知
らぬ奥行きが時空を破裂して　その中心でヒト形を失い　屍体
にまみれ　屍体に溶け　溶けながら函を吐く　吐いている

押しているのは誰だ
押させているのは

誰だ！

金縛り

いま息を引き取ろうとする肉体が力なく喘ぐ曇天の夕暮れを
カラスの黒い大群が巣に帰るのであった　カンカンカンと鳴り
続ける無人の踏切　その向こうに広がる黒く鬱蒼とした防風林
に　不気味な異界がけたたましくさわぐ　足元では放射線除け
の白い防護服を着た男達が行きかい　ひそひそと何事かを企み
脅してくる　彼らの極秘のミッションは何か　息が出来ない窒
息の過ちを胸重く押しつけて　誰を助け誰を何処へ連れ去ろう
としているのか　赤褐色に黒ずむ輸血の滴りが　下腹部に繋げ

られた血尿ドレーンから漏れ出て床を濡らし　どこまでも広がっていく　黙秘を強いる密葬のハレルヤ　葬送さえも禁じられあらゆる縋りを取り払われて　事実を反転させる偽装の暴力はいつまでも足元に立ち止まった脅す　おまえは捨てるのかおまえは逃げるのか　それともおまえは救済するのか　宇宙の幻想をドキュメントとして生きる地球《おまえ》の埒外の死相に　転覆する非在の淵底を窺い覗く妖星の金縛り　声をあげようと激しくもがくが　足元でざわざわとざわめくビッグフリーズの金縛りは　解けない

電子ニンゲン

屋根裏に鳩の死骸を拾った
壁向こうの暗がりでンルウンルウンルウウルと低く唄いながら
着物の裾を被り静かに足踏みをして
輪になり踊る女達の姿が見える

壁のこちら側では
人類のいまわの際の血尿ドレーン《トリチウム》の垂れ流しが
海に漏れ続けている

空からは大量の放射線《プルトニウム》が降り注ぎ
フレコンバッグを置く場所は
既に満杯だ

人々は皆立体を失って
向こう側が透けて見える薄い平面のアクリル板《パーテーション》となり
マスクで口を塞がれ無数の電子音を発しながら
うつむき目も合わせずに行き交い過ぎていく

他者の苦しみを想像できない多幸症の電子ニンゲンよ
その甘えに満ちた
空疎で幼稚なバカ騒ぎよ

地球の裏側では常に戦いの爆音が響き
ちぎれた肉の腐臭がここまで漂ってくる
何千年もの昔から
海も川も虐殺された死体で溢れかえっているというのに
誰もそれを見ようとはしない

死者は物を言わず
殺した者を決して許すことは出来ないのだ
——隠れた死者達がいるうちは
世界は光を見いだせない*

から

目をあげて
呪うことも出来ず黙って消された者と
まっすぐに向き合う
自らの手で加害し
消滅させた原始林の語りに耳を傾け
その痛みの声を慄きながら聞く
影のように足踏みをして踊る女達の
呻きに満ちた

震える唄声を

対岸のダー

夜明け
サニは顔の半分を青く腫らし
「河向こうの村へ行く」
と言う

対岸の村は爆破されていて
赤い炎と黒い煙があがっている
サニの倒れ込んでくる老いた肉体を背負い

その方へ
ヨロヨロと歩きはじめる

河のこちら側はテクノロジーの強制収容所で
我々は多様に監視され拒絶されている
わたしからおまえが抜き取られ
おまえからわたしが抜き取られて

抜けた幽霊《ファントム》が更に抜ける息苦しい道を
サニを背負って
彷徨う

サニはぐにゃぐにゃで
重く

とてもひとりでは背負いきれない

存在根拠を失った物理的身体が膨張して
内出血で青く腫れた時空のうつろも歪み

次第に
サニのぐにゃぐにゃは背中を濡らして
そこから
不吉な影に満たされた殺意が染み出てくる

まがまがしく地球が溶けていく時刻だ

「相手の痛みを胸に刻んだものこそ真の勝者だ」
と

溶けるサニが意味不明の言葉を呟く

その声も
重くて背負いきれない

ダー
わたし

ザイン
いる

あるいは
ここに

「いる」

つまり

Being

の深い森を

サニを背負いながら
彷徨う

河の向こう岸では
顔と下半身を失った少女達が
汚れた白いチマチョゴリの裾を無い口に咥えて

異族の暴力に引き裂かれた性器を洗っている
　赤いサリーの少女も
　　黒いチャドルの
　　　　女も

青いブルカの女は
　冷笑しながら取り囲む男達の石打ちの刑で
　　血まみれになり息絶えている
死んだ夫を燃やす火葬の火の中に
　羽交い絞めにされ投げ込まれる
　　ヒンドゥー教徒の寡婦の姿も

惨劇に滴る赤い血が
河を染めるが

女達《ホモサケル》*の顔も見えず名もない無数の受難の
その
自分の血で暴力の罪を贖おうとするドキュメントを
溶けるサニが背中で受領する

ダー
　　わたし

そして
　　Being

つまりわたしはここにいる

確かに歴史は権力が記した勝者の物語の裡にあり
そしてそれはそのようにあったのだろう
が

しかし
あったという事実の台座も常に消し去られて

サニの肉体も溶け
背負う背中だけがびっしょりと罪に濡れる

歩く足跡に血が滲む

またしても遠くでキノコ雲が二つあがる

その下で起こっていた惨劇は
加害した側には見えていない

都市腐臭
絵図不吉

あったのだ
しかし
なかったと言う

罪科の血の滲みは
いつまでも永遠に

大地に
残る

飛ぶ屯田兵*手牒

朝焼けに赤く染まる高層ビルの谷間に稲妻が光り
遠くで雷鳴が轟くと空はにわかに暗くなった

ビルとビルの間を繋ぐように
不気味な昏い虹がかかっている

隙間なくアスファルトに覆われた地面から
永く滞る疫病《コロナ》の瘴気が

立ち上る

両手でそれを払う

虹の下から
小さな黒い点がひとつ飛んでくるのが見える

カラスか?

いや違う

目を凝らし
近づいてくるそれを見ていると
四角い褐色の物体である

小さく薄いノートのようなもので
綴じられている紙の数枚がパラパラと風にはためく
それが動力となって飛んでいるようだ
はためきの度に黒い斑点がチラつく

稲妻が光る

空を覆う厚い雪雲の間がわずかに開き
ひと筋の光が射してきた
その光を受けて何かが鈍く反射する
斑点と思われたものは文字のようだ
消えかかった小さな金文字が
かすかに判読される

屯？

蝶？

手？

田？

何の暗号文か
どこの誰が発信してここまで飛ばせてきたのか

戸惑っているとそれはみるみる近づいてきて
ボロボロになった表紙状のものが翼のように開き
手垢に汚れた紙に書いてある細い筆文字を霙のように振り落としはじめた

三

弥

次

郎……

サン

ヤ

ジ

ロ

ウ？

いや違う

ヤ

サ

ロ

ジ

ウ……

か？

いや

これも違う

明治

という文字が見える

二十七年

屯
田
兵……

第二大隊
入隊

廿歳

二等卒
歩兵……

明治七年七月二十九日誕生

住所　石狩団空知郡瀧川村

五百番地

本貫

？

北海道廳

廳？

不思議な文字で意味が分からない

〈人相〉……

幹　五尺
顔　並
眼　並
鼻　大
口　大
顎　円
髪　密
眉　大……

勅諭
という文字も落ちてくる
勅諭？

これの意味が一番分からない

……我が國れ軍隊

は

……世々天皇の統率し給ふ所にぞ

ある

……昔

……神武天皇躬つから

……大伴物部の兵ともを率ゐ

……中國のまつろはぬものともを討ち平け給ひ

高

御
座
に即かせられて……
……天下しろしめし給ひしより
二千五百有餘年を
經ぬ

サ
ジ
ヤ
ロ
ウ……

いや違う
ヤ
サ
ジ
ロ
ウ
だ

二千五百有餘年
　まつろはぬものを討ち平け給ひ……

虹の向こうできなくさい海峡が割れる
そこから

無数の色褪せた屯田兵手牒というものが
飛んでくる

ページを閉じるためのベルトも外れ
風に煽られて
今にもバラバラに分解しそうだ

弥　三　次　郎

宗兵ヱ
　という文字も落ちてくる
藤岡利三左衛門長女
　リヲ

兄宗太郎仝人妻すら
　長女ハツ

という名も

それらは百二十数年前の異次元の過去から次から次へと湧き上がり

群れ

溢れて

飛翔して
くる

高層ビルが林立する朝焼けの空は
ボロボロになった夥しい屯田兵手牒で真っ暗になる

稲妻が光る

霙が雪に変わる

地表から疫病《コロナ》の瘴気が音もなく立ちのぼり
テロリストのような黒いマスクをして

それを両手で払う
北緯四十三度
　摂氏マイナス二十五度
あらゆるものを凍結させる蝦夷地の
厳冬の
到来だ
加害したのは誰か
ヤサジロウか
ソウベエ

か

それとも
高御座に即かせられた
勅諭の発信者なのか

それを厳しく問う

問い続ける

*

献詩

復刻『上林俊樹詩文集　聖なる不在・昏い夢と少女』のために

昏い夢の渚で卵巣を洗う少女がいて
——私は勇気の花から生まれたのよ*
とつぶやく
朝焼けの空に虹がかかり
チャパティと仮面と猫とサリー

その前に両膝を立てて座り静かに微笑するひとは
「懐かしいですね」とひとことだけ言い残し
花爛漫の北限の六月
爽やかに晴れあがった青空を
自転する神の愛**の彼方へ渡っていく

永劫に

注

8頁　藁家《チセ》　アイヌ語で「家」の意味。

9頁　刺青《シヌイエ》　古来アイヌの既婚女性には唇の周りに刺青をする風習があった。現在は一般的には行われていない。

16頁　レゴリス　月の表面を覆うガラス質が混じった砂の名前。

16頁　カイ　アイヌ語で「この世に生まれたもの」の意。

16〜19頁　佐々木昌雄『幻視する〈アイヌ〉』（草風館）より引用部分がある。また土橋芳美『痛みのペンリウク　囚われのアイヌ人骨』（草風館）を参照した。

20頁　ＤＤＴ　敗戦後、ＧＨＱが子ども達の蚤、虱を駆除するために、頭からかけた有害殺虫剤。

24頁　廃線鉄路　北海道月形町にあった樺戸監獄に、強制収監された囚人達が建設した旧樺戸鉄道のこと。

27頁　女達の身体を戦場にして／女の身体は無抵抗で　二〇一八年ノーベル平和賞受賞の、コンゴ民主共和国デニ・ムクウェゲ医師の言葉。

38頁　鶴の舞《サロルンチカプリムセ》　アイヌ語で「サロルン」は鶴、「チカプ」は鳥、「リムセ」は舞の意味。

38〜40頁　フントリフンチカッ……ホーイホーイ　親鶴が子鶴に飛び方を教える唄。

39〜41頁　謝罪しろよ……／民族の尊厳を踏みにじっておいて　旭川「川村カ子《ネ》ト記念館」館長　故・

川村　兼一《シンリツ・エオリパック・アイヌ》の言葉。
45頁　サドゥ　ヒンドゥー教の出家修行者のこと。家や家族を捨て小さな頭陀袋と水を入れる空き缶一つだけを持って生涯放浪生活を送る。
56頁　隠れた死者達が……　現ローマ法王フランシスコの言葉。
64頁　ホモサケル　「ローマの古法」にある例外規定の中に存在する言葉。このように目された人物を殺害しても罪に問われず、また神への供犠に用いる英雄的で合法的な死を与えることさえもなされない、あらゆることから締め出された存在のこと（ジョルジョ・アガンベン）。
68頁　屯田兵　ロシア及びその周辺国から北海道を防衛し、平時は農耕に、戦時には兵務に服する農業兼務の兵団。明治維新により失業した、主に東北地方の士族や平民が移住し、開拓と軍兵としての活動を行った。
86頁　私は勇気の花から……　ＡＯＩ（四歳）の言葉。
87頁　自転する神の愛　崇神淑人『聖なる不在』（闇社）より。

初出――「冬の鬼火」（「現代詩手帖」二〇一八年七月号）、「献詩」（『上林俊樹詩文集　聖なる不在・昏い夢と少女』幻視社）、「廃線鉄路」「金縛り」は前々詩集『エフェメラの夜陰』収録の「陰刻のおんおんおん」「死の罠」を改題、改作した。他は書き下ろし。

あとがき

ヤサジロウは私の祖父である。明治二十七年に二十歳で、家族と共に石川県から屯田兵として北海道空知郡瀧川村に移住入植した。その後、日露戦争に二等兵歩兵として従軍、明治三十八年三月十日「奉天（現在の中国遼寧省）の会戦」で、右前膊から上膊の下貫通銃創を負った。大正二年まで屯田兵手牒の記載があるので、それまでは屯田兵として軍に所属していたことが窺える。しかし祖父の人生を記録としてたどれるのはそこまでである。

私の記憶に残る祖父は、常に作務衣のような着物を着て、炉端や石炭ストーブの傍に座り、煙管《きせる》で煙草を吸いながら繰り返し幼年期の思い出話をする姿である。彼の右上腕には赤子の頭ほどの脂肪腫瘤があり、それは日露戦争で負った傷によるものだということは母から聞いていた。けれども祖父自身は、移住の様子や戦争のことは一切語らなかった。

私は小学校二～三年生の頃一度だけ、「鉄砲玉が当たった時は痛かったの？」と祖父に聞いたことがある。しかし彼は胸まで伸ばした白い顎髭をなでながら、少し驚いた表情を浮かべたが、すぐいつもの穏やかな眼差しに戻り何も答えなかった。私は時々仏壇の引き出しにあった、お国から賜ったという古く小さな勲章を取り出して、鉄砲の玉が当たったらどんな風に痛いのだろうかと想像し、それを首に掛けたり外したりしてよく一人遊びをした。私が十八歳（高校三年生）の時、祖父は家族に囲まれ自宅で老衰のため息を引き取った。豊かではなかったが長患いもせず、静かな晩年を過ごした八十九歳の死だった。今思えば祖父の語らなかったことは、あの右上腕にあった脂肪瘤に少しずつ溜まっていったのだろう。沈黙の中には言葉にならない多くの思いがあることを、私は祖父から学んだ。

私の手元に残っている祖父の遺品は、この「屯田兵手牒」だけである。従って私は「屯田三世」である。私は多分、この北海道に住んでいる先住民の方々に対しては「加害者の末裔」であり、現在この地に住んでいるので、今も「加害者」であるに違いない。

それらについての贖罪の気持ちがこのような詩篇を書かせたように思う。しかしまた、ジェンダーの視点から考えると、女性に生まれてきたというだけで、被抑圧的な立場に置かれてこれまで過ごしてきたとも言える。自分の意思で選択できない生存の領域にあることで、その出自や属性を理由に、いわれなき差別や暴力を受けることがあってはならないが、今日に於いてもそれらは終わることなく続いている。誰しもが加害者にも被害者にもなりうるという自覚と、あらゆる存在に対する尊厳を尊重する意志を持つことこそが、それらをなくす唯一の方法ではないのか。そういう意味で、ここ北海道北緯四十三度に生まれ育った私のもう一つのサーガとして、沈黙したまま名もなく逝った人達へこれらの詩篇をここに差し出したい。

林　美脉子

二〇二一年八月

林 美脉子（はやし・みおこ）

北海道札幌市在住

一九七四年　詩集『撃つ夏』（創映出版）
一九七七年　詩集『約束の地』（北海詩人社）
一九八二年　第八回ケネス・レクスロス詩賞受賞
一九八五年　詩集『緋のシャンバラへ』（書肆山田）
一九八八年　詩集『新シルル紀・考』（書肆山田）
二〇一一年　詩集『宙音』（書肆山田、第四十五回北海道新聞文学賞詩部門本賞受賞）
二〇一三年　詩集『黄泉幻記』（書肆山田）
二〇一五年　詩集『エフェメラの夜陰』（書肆山田）
二〇一七年　詩集『タエ・恩寵の道行』（書肆山田）

レゴリス／北緯四十三度《ほくいよんじゅうさんど》

著者
林《はやし》 美脉子《みおこ》

発行者
小田久郎

発行所
株式会社 思潮社
〒一六二-〇八四二 東京都新宿区市谷砂土原町三-十五
電話 〇三（五八〇五）七五〇一（営業）
〇三（三二六七）八一四一（編集）

印刷・製本所
創栄図書印刷株式会社

発行日
二〇二一年八月三十一日